Froilán
y Los Luchadores

Beatriz Fuentes

Froilán y Los Luchadores
de Beatriz Fuentes

Libro 4
Las Aventuras de Froilán
Serie 4

Primera edición: Agosto 2019

Editorial: LEF Ediciones.
Diseño de Portada: Trixie Marty.
Ilustraciones: Trixie Marty.
Dibujo base: Marisa Herzlo.
Gráficos: Freepik.com

ISBN: 978-3-9525088-8-6

www.beatrizfuentes.com

SERIE 4

Froilán y Los Alebrijes

Froilán y El Axolotl

Froilán y La Catrina

Froilán y Los Luchadores

Froilán y El Mariachi

Froilán y La Piñata

"Sabemos cómo vamos a subir,
pero no cómo vamos a bajar".

-Anónimo-

Con todo mi respeto y admiración
para los luchadores mexicanos
que son maestros, héroes y leyendas
del arte legendario de la lucha libre.

Sea este cuento un ***reconocimiento***
a su entrega en el cuadrilátero;
aliento para quienes las lesiones
los han obligado a retirarse;
y ***homenaje*** póstumo a aquellos
que han ofrendado sus vidas arriba del ring.

Froilán y sus amigos habían sido convocados para atender una reunión del Consejo Estacional[1], pero en el papiro que recibieron no se les indicaba de qué tipo ni la razón. Aquello era muy, muy misterioso.

Un carruaje tirado por los pegasos de elite del Rey Orión[2] transportaba a los cuatro amigos. En poco más de una hora llegaron a la sala de reuniones del Consejo, en donde ya estaban esperando los representantes de todos los reinos: El Mágico, el Vegetal, el Animal y el Humano.

---

[1] *Ver "Froilán y la Pintora". Fuentes, Beatriz. Colección Las Aventuras de Froilán. Serie 3. LEF Ediciones. Suiza-México. 2017.*

[2] *Ver "Froilán y el Mago Parte 1 y Parte 2". Fuentes, Beatriz. Colección Las Aventuras de Froilán. Serie 2. LEF Ediciones. Suiza-México. 2016.*

Froilán, Toly, Olaf y Orlando vestido con una prístina sábana blanca y una corona *semejty*[3] ingresaron en la sala de juntas y tomaron asiento alrededor de una enorme mesa ovalada.

- Bienvenidos. -Dijo el mago poniéndose de pie- Soy Trevellian, el representante del Reino Mágico. Imagino que se preguntarán por qué los hemos mandado llamar con tanta urgencia a una reunión secreta del Consejo.

Los cuatro amigos articularon un duradero "¡*Ooooooh*!" en sus labios pero se mantuvieron en silencio y muy atentos a lo que decía su interlocutor.

- Cada mil años se efectúa una disputa entre las fuerzas del bien y del mal para resolver diversas cuestiones cómo cuántas guerras habrá, qué países desaparecerán, cuántas y cuáles catástrofes climáticas afectarán la tierra, etcétera. En esta ocasión se determinarán las especies que dejarán de existir durante los próximos mil años. -Dijo el mago impasible.

- Esto implica que el resultado de la batalla épica entre el bien y el mal será el exterminio si gana el mal o la posibilidad de que las especies en peligro de extinción se salven si el bien sale vencedor. -Intervino un enorme tigre naranja que era el representante del Reino Animal.

---

[3] *Esta corona en rojo y blanco llamada semejty (quiere decir "Los Dos Poderes") representaba al Alto y Bajo Egipto es decir la unificación de Egipto. Es una corona blanca (Hedyet) dentro de la corona roja (Desheret). La corona Hedyet representa al Alto Egipto y está asociada con el dios Seth. La corona Desheret corresponde al Bajo Egipto y está asociada con el dios Horus.*

- El tipo de batalla de este milenio ha sido decidido por unanimidad. -Explicó una silueta femenina formada con hojas y pétalos, la delegada del Reino Vegetal.

El último de los miembros del Consejo Estacional, el representante del Reino Humano se puso de pie, se ajustó la corbata, carraspeó y apoyó las manos sobre la mesa.

- El combate será a relevos australianos, a dos de tres caídas, sin límite de tiempo y siguiendo las reglas estipuladas para la lucha libre mexicana[4]. -Se notaba el orgullo del humano mientras hablaba, de seguro le gustaba ese deporte- Las *Batallas Milenarias* se efectúan cumpliendo al pie de la letra el tipo de enfrentamiento que se haya elegido. A lo largo de los milenios se han desarrollado diferentes tipos de duelos como batallas entre gladiadores, torneos medievales, juegos de naipes, carreras de atletismo y hasta un concurso de baile. En esta ocasión la justa será a ras de lona y aérea. La velocidad, destreza, experiencia, pericia y fuerza de los contrincantes determinará el destino de las especies.

Los cuatro representantes estaban de pie uno al lado del otro observando fijamente a los amigos.

---

[4] *Si me permites intervenir, debo confesarte que de todos los tipos de luchas que existen, la Lucha Libre Mexicana es la mejor de todas.*

- Ustedes han sido elegidos como "*seconds*[5]" de los contendientes del bando técnico. El bando rudo ya ha seleccionado a los suyos. -Declaró el representante del Reino Animal.

El gato, el oso, el fantasma y el chango no daban crédito a lo que acababan de escuchar, porque los cuatro no tenían ni la más alejada idea de lo que era un encuentro de lucha libre.

- La *Batalla Milenaria* se llevará a cabo en tres semanas. Enviaremos el carruaje volador para que los recoja a las 7 de la mañana del día señalado. -Advirtió el mago con voz cavernosa que les puso el pelaje de punta a los tres amigos y los bordes de escarpia a la sábana del faraón- Prepárense, porque el *second* es quien tiene el poder de alentar y ayudar a ganar o perder a los luchadores de su bando.

- Hasta entonces. -Dijeron al unísono los miembros del Consejo mientras extendían los brazos y señalaban con los dedos índices la puerta del salón.

Froilán salió primero flanqueado por Olaf y Toly mientras Orlando flotaba sobre ellos estrujándose las manos.

[5] *El **second** es la persona que está en la esquina o bando de los contrincantes en la lucha de apuestas y que además es quién ayuda a ganar o perder con sus consejos y apoyo.*

- Yo no sé nada sobre lucha libre. Tengo algún recuerdo, muy borroso por cierto, de haber visto un encuentro de lucha greco-romana en tiempos de mi reinado pero ni siquiera tengo claros los movimientos o las reglas.

- ¿Olaf, tienes alguna sugerencia que pueda ayudarnos?. -Preguntó Froilán angustiado.

El oso sacó de una de las bolsas de la mochilita su tarjeta de la biblioteca.

- Tal vez encontraremos información aquí. Es lo único que se me ocurre por el momento.

- Entonces vayamos a la biblioteca. -Dijo Toly inquieto.

Abordaron el carruaje volador y viajaron hasta la biblioteca.

Sin embargo, aunque buscaron y rebuscaron entre todos los libros de historia y deporte no encontraron información acertada sobre la lucha libre mexicana, solo recopilaciones de trayectorias de luchadores consagrados pero ningún dato técnico. Entonces descubrieron que la lucha libre no se aprendía en los libros porque no existía un manual escrito para ese fin. ¡Situación por demás extraña tratándose de un deporte tradicional y legendario!.

Al final de la tarde los cuatro amigos estaban agotados, rodeados de libros abiertos y con los ojos hinchados de tanto leer.

- ¡No encontramos nada de nada que hable sobre metodologías o bases precisas!. -Refunfuñó

Toly- ¿Cómo se supone que vamos a aconsejar y apoyar a los miembros de nuestro bando si no tenemos ni idea de cuáles son los movimientos tácticos y técnicos que se deben emplear en un enfrentamiento?.

- Mmmm. -El gato se apretó el puente de la nariz con los dedos- En todas esas biografías hacían referencia a un mismo lugar en donde se desarrollaban los combates. -Hizo una pausa- La arena. El ring. Debemos ir ahí a investigar.

Llegaron a la Arena, tomaron asiento en sus butacas y se contagiaron con el ambiente festivo y cargado de adrenalina que vibraba en cada uno de los espectadores que abarrotaban el recinto.

Las luchas que presenciaron fueron diversas; hubo un mano a mano[6], relevos sencillos[7], relevos australianos[8], relevos atómicos[9], relevos increíbles[10] y hasta una lucha campal[11]. Sin embargo, lo sorprendente no fue la diversidad de luchadores y sus vestimentas, sino sus acrobacias y técnica para ejecutar cada movimiento que parecía ser tan sencillo pero que implicaba poseer habilidad muy desarrollada para aplicar, recibir y romper cada lance y llave.

---

[6] *Lucha mano a mano es cuando solo hay dos luchadores en el ring y es uno contra el otro.*

[7] *Cuatro luchadores en el ring y van dos contra dos.*

[8] *Seis luchadores en el ring y van tres contra tres.*

[9] *Ocho luchadores en el ring y van cuatro contra cuatro.*

[10] *Dos equipos de dos luchadores de bandos contrarios en un mismo equipo y que además tienen rivalidad entre sí.*

[11] *Son más de 8 luchadores en el ring y son todos contra todos.*

Sin lugar a duda ese deporte bien podría ser considerado "mítico".

- Ahora entiendo por qué los miembros del Consejo seleccionaron este tipo de contienda para resolver un asunto tan delicado como la extinción de las especies. -Comentó Froilán estupefacto- Solo atletas experimentadísimos podrían ejecutar cada maniobra con esa precisión y entrega.

Y mientras tanto, Orlando imitaba los lances y movimientos en el aire, contorsionándose y desenroscándose hasta que terminó convertido en un nudo con semejty.

- He estado tomando notas de las llaves, las contrallaves y los lances. -Aclaró Olaf haciendo anotaciones en una libreta mientras Toly tomaba fotos- Debemos estudiar estos apuntes y ver videos para identificar la mejor estrategia para vencer al rival.

- Sin duda los contendientes que participen en la *Batalla Milenaria* habrán tenido varios siglos de preparación. -Declaró Froilán con la mirada fija en los dos luchadores que ejecutaban una impactante *Valagueza*[12].

Durante las siguientes tres semanas, los cuatro *seconds* tuvieron maratónicas sesiones de videos y discusiones sobre contiendas luchísticas y por increíble que parezca, en la última función de lucha a la que asistieron justo la noche antes

[12] *Llave con la que se castiga las cervicales del oponente. Creada por el luchador "Javier El Chamaco Valaguez".*

de la fecha señalada por el Consejo Estacional, Froilán, Olaf y Toly ya eran capaces de predecir la llave que el luchador en turno estaba a punto de aplicar con solo ver el primero de sus movimientos.

Y Orlando se había vuelto un experto en desenredarse cada vez que intentaba ejecutar alguna llave compleja porque siempre terminaba convertido en un nudo flotante. Eso sí, al fantasma le encantaba usar una máscara con nemes y diadema dorada de donde sobresalía una cobra sonriente y se hacía llamar *"Gat-Toht I"* [13].

[13] *Ver "Froilán y El Arqueólogo", Fuentes, Beatriz. Colección Las Aventuras de Froilán. Serie 3. LEF Ediciones. Suiza-México. 2017.*

El día de la *Batalla Milenaria*, el carruaje volador de tiro de seis pegasos de élite capitaneados por Orión, transportó a los *seconds* al sitio en dónde se desarrollaría el encuentro. Era un valle gigantesco, en el centro se había acondicionado un cuadrilátero no mayor de seis ni menor de cinco metros dentro de las cuerdas y por cada lado. En las cuatro esquinas había un poste de hierro de por lo menos 1.40 metros de alto, el piso que lo cubría estaba fabricado con fieltro, papel y hule espuma y tenía un espesor de cinco centímetros. El ring estaba montado sobre una plataforma de metal de 1.20 metros de altura.

Las tres cuerdas que delimitaban el ring tenían un diámetro de 2.5 centímetros y estaban forradas con una cubierta suave para evitar que el luchador sufriera quemaduras al contacto con el material rústico de la cuerda. La primera estaba situada a una altura de 45 centímetros sobre el piso del ring; la tercera cuerda a 1.32 metros sobre el nivel del piso y la segunda justo en medio de estas dos. En cada esquina había tensores de metal en los postes que sujetaban las cuerdas y estaban cubiertos con almohadillas.

Los laterales de la plataforma estaban cubiertos con lonas donde se exhibían símbolos extraños como estos:[14].

---

[14] *Apuesto a que los has identificado de inmediato, ¿verdad?.*

Las butacas estaban situadas a 2 metros de distancia del cuadrilátero, además había una pasarela que iniciaba al final de la rampa y que concluía en el ring. La rampa estaba justo afuera de una puerta de madera abierta con fondo oscurísimo, en breve por ahí saldrían los ocho luchadores míticos y sus seconds.

Aquel sitio tenía tantas butacas que un estadio de futbol era diminuto en comparación.

El carruaje sobrevoló la arena y descendió en un patio empedrado frente a un edificio de cantera donde se habían instalado los vestidores.

Después de bajar del carruaje, Froilán caminó por el pasillo flanqueado por Toly y Olaf, mientras Orlando flotaba muy serio sobre sus cabezas, entonces encontraron dos puertas enormes. Una era blanca y la otra negra además estaba custodiada por el Can Cerbero[15] que no paraba de mostrarles los dientes y gruñirles.

---

[15] *Cerbero era el perro del dios Hades. Es un monstruo de tres cabezas que custodia la puerta de acceso al reino de Hades (Inframundo), además se aseguraba de que los muertos no salieran y que los vivos no pudieran ingresar.*

- Ese debe ser el vestidor del bando rudo. -Indicó Froilán tragando saliva y alejándose lo más posible de la pavorosa bestia.

Olaf llamó a la puerta del bando técnico y se abrió dejando escapar rayos plateados y chispas doradas.

Al ingresar encontraron a cuatro enormes y musculosos personajes enmascarados vestidos con botas, mallas, calzón y máscaras blancas que tenían aplicaciones de colores específicos y diseños muy particulares. También portaban capas pero éstas eran de manufactura muy singular.

- Los estábamos esperando. -Dijo *Atl*[16], el enmascarado con las gotas azules derramándose a los costados de la máscara, mallas y botas. Su capa lucía extraña, parecía estar hecha de agua y cuando se movía hasta daba la impresión de que había oleaje.

- Sus equipos están en la banca frente a los armarios. -Indicó *Lik*[17], el luchador con las tres espirales grises y ráfagas. Su capa esponjosa tenía aspecto de haber sido hecha con trozos de nubes de tormenta.

- Creo que acabo de ver un relámpago en la capa. -Susurró Toly al oído de Froilán.

El gato asintió porque también lo había visto.

---

[16] Atl significa "agua" en Náhuatl.
[17] Lik significa "aire" en Maya.

- Parece que están nerviosos. -Intervino *Tsibi*[18], el tercer gladiador de las flamas rojas en su vestimenta y la capa de lava que daba la impresión de escurrirse incesantemente de sus hombros y desaparecía al alcanzar el borde.

- Es muy probable que el gato y el chango estén nerviosos; el oso de seguro está hambriento y yo estoy impactadísimo. Yo quiero una capa como la tuya. -Dijo el fantasma mientras revoloteaba alrededor del sereno cuarto combatiente.

Balamil[19] llevaba guirnaldas de hojas verdes en la máscara, mallas y botas; su capa estaba tejida con guías, pero éstas se reajustaban a cada movimiento y además les crecían capullos que luego floreaban y se secaban en un parpadeo para volver a surgir en otro lugar.

- Sería conveniente que se cambien. La contienda dará inicio muy pronto. -Anunció Balamil.

- Desde luego. -Froilán por fin se recobró de la impresión que tremendos personajes le habían causado.

Los cuatro amigos se cambiaron vistiendo mallas y botas similares al equipo de los luchadores, pero también llevaban una playera blanca con el símbolo que tenían en la frente las máscaras de los luchadores.

---

[18] *Tsibi significa "fuego" en Otomí.*
[19] *Balamil significa "tierra" en Tzotzil.*

Entonces una voz ronca y tenebrosa anunció la proximidad del evento al tiempo que varios golpes sonaban en la puerta del vestidor. La hora de la *Batalla Milenaria* había llegado.

- ¡Bienvenidos a la Arena Legendaria!. Esta noche seremos testigos de la Contienda Ancestral en la que está en juego la extinción de incontables especies.

La voz enumeró una larguísima lista de animales, insectos, aves, peces y plantas en peligro de desaparecer de la faz de la tierra. Los amigos se miraron alarmados entre sí, cuando escucharon nombrar al Axolotl y la Chirinola[20]. De hecho, estaban siendo nombradas criaturas que ellos ni siquiera conocían.

- Ya sabíamos del riesgo que está corriendo el Axolotl. -Les indicó muy serio el oso- Esperemos que el resultado de esta contienda sea favorable para que todas esas especies se salven de la extinción.

El gato, el chango y el fantasma asintieron consternados.

Los luchadores técnicos se dispusieron a abandonar el vestidor mientras sacudían las manos, los brazos, giraban las cabezas y movían las piernas para calentar los músculos y dispersar los nervios.

---

[20] *Stenocereous eruca nombre científico de la chirinola o cactus oruga, es una planta endémica de la Península de Baja California (Bahía de la Magadalena), es una especie con estatus migratorio. Crece de forma rastrera y al aumentar su longitud la parte más vieja se seca lentamente dando paso al nuevo crecimiento, esto produce que la cactácea esté en constante movimiento.*

Salieron del vestidor y se acercaron a la rampa y subieron alineándose uno al lado del otro en el escenario justo afuera del gigantesco arco de piedra de la puerta de madera al inicio de la pasarela y esperaron a que su nombre fuera mencionado para dirigirse al cuadrilátero.

La voz mencionó el último nombre de la lista y se tornó más armoniosa y cálida para presentar a los combatientes científicos.

- Representando al bando técnico: El esencial *Lik*. El vital *Atl*. El candente *Tsibi* y el labrantío *Balamil*. "¡*Los Elementales*!". Capitaneados por Lik. -Gritó emocionada la voz del comentarista invisible.

Uno por uno avanzaron con los brazos en alto o saludando a todo aquel espectador que extendía la mano para tocarlos. Cada uno se situó en un poste y subió al encordado levantando el brazo derecho con la mano empuñada en señal de victoria. La ovación inundó el recinto, sin duda muchos de los asistentes tenían toda su confianza depositada en el cuarteto técnico.

Froilán, Toly, Olaf y Orlando también desfilaron por la pasarela sorprendidísimos por el tamaño de la arena y el ensordecedor revuelo que los cuatro paladines habían causado. Los seconds tomaron su lugar alrededor de la esquina técnica.

Entonces la puerta del vestidor del bando rudo se abrió estrellándose en la pared y una voluta de humo gris se escapó del interior. El Can Cerbero se hizo a un lado, inclinó la cabeza y dobló las orejas azorado cuando los cuatro gladiadores rudos salieron del vestidor.

La voz se tornó grave y tenebrosa mientras nombraba a los estetas malévolos.

- Representando al bando rudo: el asolador *Guerra.* El insaciable *Hambre.* El exterminador *Peste* y el implacable *Muerte.* ¡"*Los Apocalípticos*"!. Capitaneados por Muerte.

Todos iban vestidos con chaquetillas cortas de mangas bombachas y mallas de terciopelo negro; máscaras también negras con vivos de charol del mismo tono y las botas a juego. Lo único que los diferenciaba a primera vista era la forma de los ojos en las máscaras.

El primero en salir fue Guerra, tenía un físico impresionante y su piel lucía un tanto rojiza además daba la impresión de que de los costados de sus mallas se escurrían chorros de sangre como si acabara de participar en una masacre. Su máscara dejaba al descubierto la barbilla y la boca que parecía estar llena de dientes puntiagudos y de las comisuras de sus labios escurría plasma como si acabara de morder un trozo de carne cruda.

El siguiente fue Hambre. La diferencia fue evidente, su masa corporal era magra en exceso, se podría decir que lucía famélico. La barbilla y la boca tenían la piel cenicienta pegada a los huesos además de que casi toda su dentadura estaba cariada y le faltaban algunas piezas.

Luego salió Peste. Sus manos y el trozo de rostro que dejaba ver la máscara resultaban aterradores, tenía la piel cubierta de manchas rojas y ampollas rebosantes de pus.

El último fue Muerte y apenas lo vio el Can Cerbero huyó despavorido con la cola entre las patas. Su vestimenta no difería de la de los demás, pero era más que obvio cuál sería su aspecto. La abertura de la máscara dejaba ver una quijada huesuda y descarnada igual que sus manos y sin duda cuando se despojara de la chaqueta, la visión sería espeluznante.

Los cuatro gladiadores desfilaron por la pasarela ignorando a los espectadores y sin mostrar la mínima emoción mientras un escalofriante abucheo mezclado con gruñidos y aullidos acompañó a los rudos que se dirigieron a su esquina e incordiaron a los asistentes con gruñidos y rugidos.

Sus seconds los siguieron y eran tan intimidantes como los mismos luchadores. Se trataba de un cuarteto de *ghouls*[21] malencarados que además de vestir todos de negro, cada uno llevaba el arma representativa de los contendientes. El arco de Peste; la espada de Guerra; la balanza de Hambre y la guadaña de Muerte.

Los tenebrosos seconds se instalaron alrededor de la esquina ruda lanzando miradas fulminantes a los seconds de la esquina técnica.

- Para nuestra buena suerte y de acuerdo con las reglas generales, los seconds no deben involucrarse en la lucha ni pelear con los del bando contrario. -Dijo asustado Olaf- No me gustaría estar cerca de esas criaturas espantosas.

Toly y Froilán asintieron en silencio, pero con el pelaje erizado mientras que Orlando se ocultaba tras el poste.

La voz hizo la siguiente presentación.

- La réferi es *Veritas,*[22] quien ha salido del pozo sagrado donde se ocultaba para arbitrar las acciones de esta contienda.

---

[21] *El ghoul (inglés), gul (español) o* الغول ghūl *shaytaan (árabe), es un demonio necrófago que, de acuerdo con el folklore árabe, habita en lugares inhóspitos o abandonados y le gustan los cementerios. Son monstruos no muertos que profanan tumbas y se alimentan de los cadáveres.*

[22] *Veritas significa "verdad" en latín y era el nombre de la diosa de la verdad en la mitología romana. Es hija de Saturno (el dios del tiempo) y madre de Virtus (la "virtud"). Veritas se oculta en el fondo de un pozo sagrado por su naturaleza elusiva.*

- ¡Una diosa romana como réferi!. -Dijo el fantasma sorprendido.

- Eso es novedad. Jamás habíamos visto una lucha que tuviera un réferi femenino, pero me agrada el cambio. -Admitió Toly.

- Es una lucha en donde está en juego el exterminio de muchísimas especies y por lo tanto se necesitaba de un réferi confiable que juzgue las acciones y declare al ganador con total honestidad. Después de todo, ésta no es una lucha común. -Declaró Olaf muy serio.

- Los rudos me recuerdan a... -Froilán hizo una pausa reconociendo la identidad de sus contrincantes- ¡Son los Jinetes del Apocalipsis!.

Los cuatro amigos contemplaron horrorizados a los miembros del bando rudo.

Los ocho gladiadores se despojaron de sus capas y chaquetas y las entregaron a los seconds quienes de inmediato las doblaron y las cedieron a los miembros del staff de la arena para que las llevaran a los camerinos.

Entonces los rudos revelaron sus torsos pasmando a la audiencia; los seconds y hasta el anunciador enmudecieron de puro pánico. Aquellas creaturas eran de verdad espeluznantes.

LEF
Ediciones
LEF
Ediciones
LEF
Ediciones
Leer Es Fundamental

Guerra era musculoso y sin cicatrices, pero tenía la piel rojiza como si tuviera manchas de sangre seca.

La piel de Peste estaba cubierta de puntos rojos y ampollas purulentas que emulaban aquellas de la peste bubónica medieval.

Hambre carecía de musculatura y su piel cenicienta casi verdosa se adhería a sus huesos.

Muerte era un impactante esqueleto de huesos blanquísimos.

La voz pronunció el último anuncio.

- ¡Luchaaaaaaaaarán en relevos atómicos, a dos de tres caídas y sin límite de tiempo!.

Y al instante se iniciaron las acciones. La réferi revisó con prontitud las botas y brazos de cada uno de los luchadores para detectar si alguno llevaba aditamentos prohibidos, pero no encontró ninguno y después les dio las indicaciones obvias sobre las reglas que regirían la lucha.

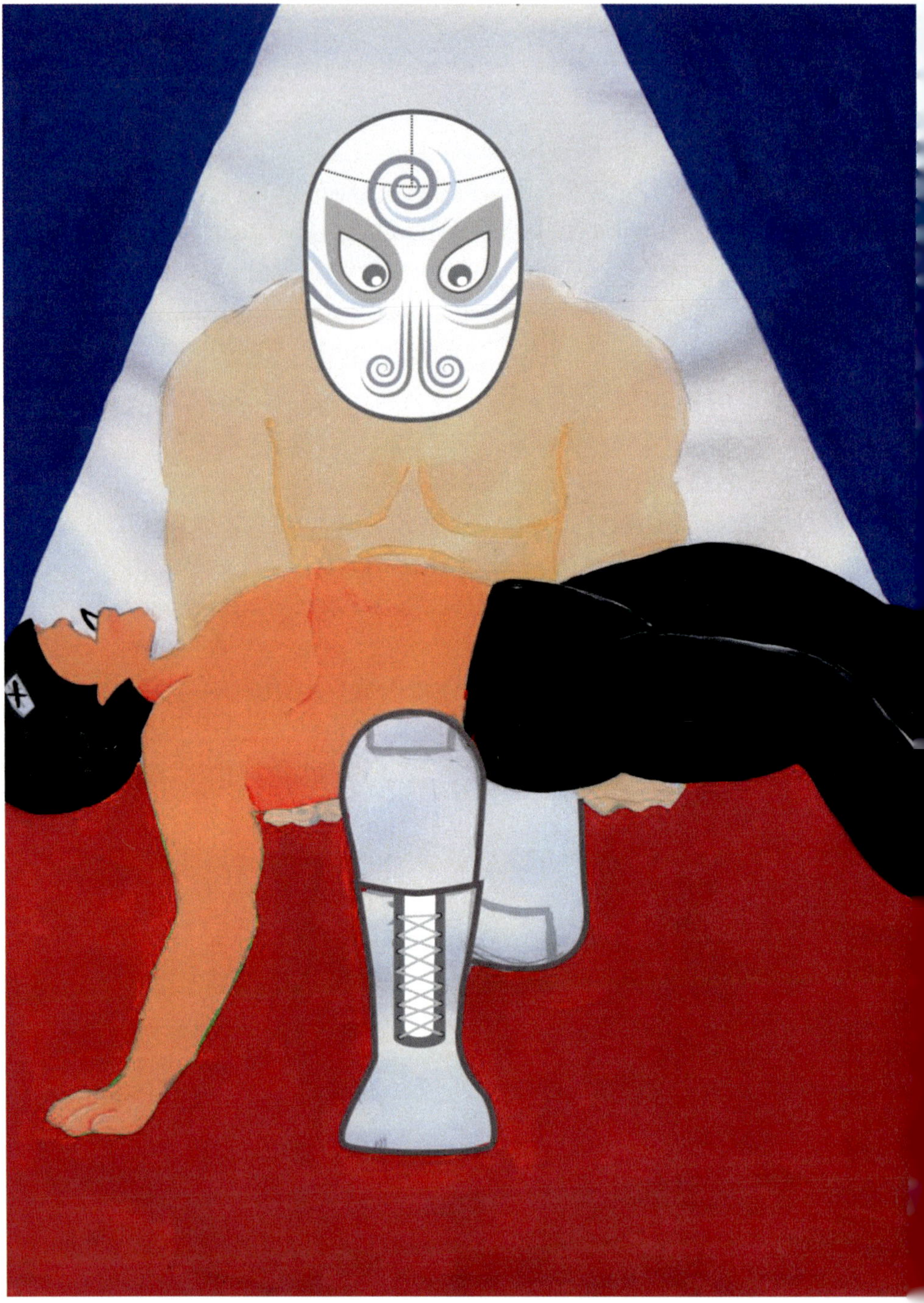

Lik y Guerra ingresaron al cuadrilátero, caminaron en círculo frente a frente midiéndose. Luego Lik levantó el brazo derecho por encima del hombro y Guerra hizo lo mismo entrelazando los dedos de sus manos y sujetándose del cuello uno a otro, la *toma de réferi* fue el preámbulo para que Lik aplicara un potente *candado al cuello* que Guerra rompió con un codazo a las costillas de Lik y luego lo sujetó de un brazo y lo azotó contra los tensores de una esquina y le propinó un *látigo al cuello* y un *suplex*[23] *al frente* llevándoselo después con una *enredadera*[24] al toque de espaldas. Lik reaccionó empujando las piernas hacia arriba y rompió la llave levantando el hombro derecho justo antes de que la réferi hubiera dado la tercera palmada.

El técnico se levantó de un salto y dio un par de palmadas al pecho de Guerra llevándolo contra las cuerdas. Lo sujetó por la pretina de las mallas y lo azotó en la lona; luego lo arrastró cerca del poste dejándolo de cara a las lámparas; después subió a la tercera cuerda y con la pierna le propinó una *guillotina*[25]. Guerra se retorció aunque no se supo con certeza si era de dolor o solo un berrinche porque no pudo evitar el castigo.

---

[23] *El Suplex es una llave que surge en la lucha grecorromana y que se adopta en la lucha libre. Tiene diversas variaciones tales como: Suplex Alemán, Suplex Invertido, Super Suplex, Suplex Vertical y Corner Suplex entre otros.*

[24] *Es una llave que castiga los brazos y la espalda y en la actualidad también se le conoce como "La Casita", y es el movimiento identificador del luchador "Negro Casas".*

[25] *Llave que lastima el cuello del oponente.*

Lik puso de pie a Guerra, lo impactó contra las cuerdas varias veces hasta que tomó vuelo, luego le atizó un *rehilete con quebradora*[26] y terminó en la lona. El científico lo llevó al toque de espaldas, le levantó la pierna y esperó la cuenta de la réferi.

Sin embargo, a la segunda palmada los compañeros del rudo ingresaron flagrantes al cuadrilátero y atacaron a patadas al técnico sacándolo del ring.

Los seconds rudos rugieron victoriosos mientras que los seconds técnicos gritaban llamando la atención de la réferi para que interviniera. Pero, aunque Veritas amonestó a los malignos, ellos ignoraron toda advertencia y se lanzaron contra los tres técnicos.

El caos se desató, Guerra ejecutó un *mortal*[27] desde la tercera cuerda concluyendo en una *plancha*[28] contra Tsibi dejándolo fuera de combate.

En otra parte del cuadrilátero, Muerte voló entre la segunda y tercera cuerdas clavándole un *tope suicida*[29] a Atl, estrellándolo en el muro de contención.

---

[26] *Llave con giro que castiga la zona lumbar.*

[27] *Lance con giro. Este tipo de lances tienen como finalidad debilitar y castigar poco a poco al rival desgastándolo para que al aplicar otro castigo se obtenga la rendición. Los lances implican riesgos mortales para quienes los aplican. Por lo tanto, solo "Profesionales" deben ejecutarlos. Tú solo admira estos movimientos espectaculares.*

[28] *Lance que tiene por objetivo llevar al rival al toque de espaldas o sacarlo del cuadrilátero para que pierda al no ser capaz de regresar antes de que el réferi termine la cuenta de 20 segundos.*

[29] *Lance entre la segunda y tercera cuerdas en forma de flecha con el objetivo de impactar el pecho del rival.*

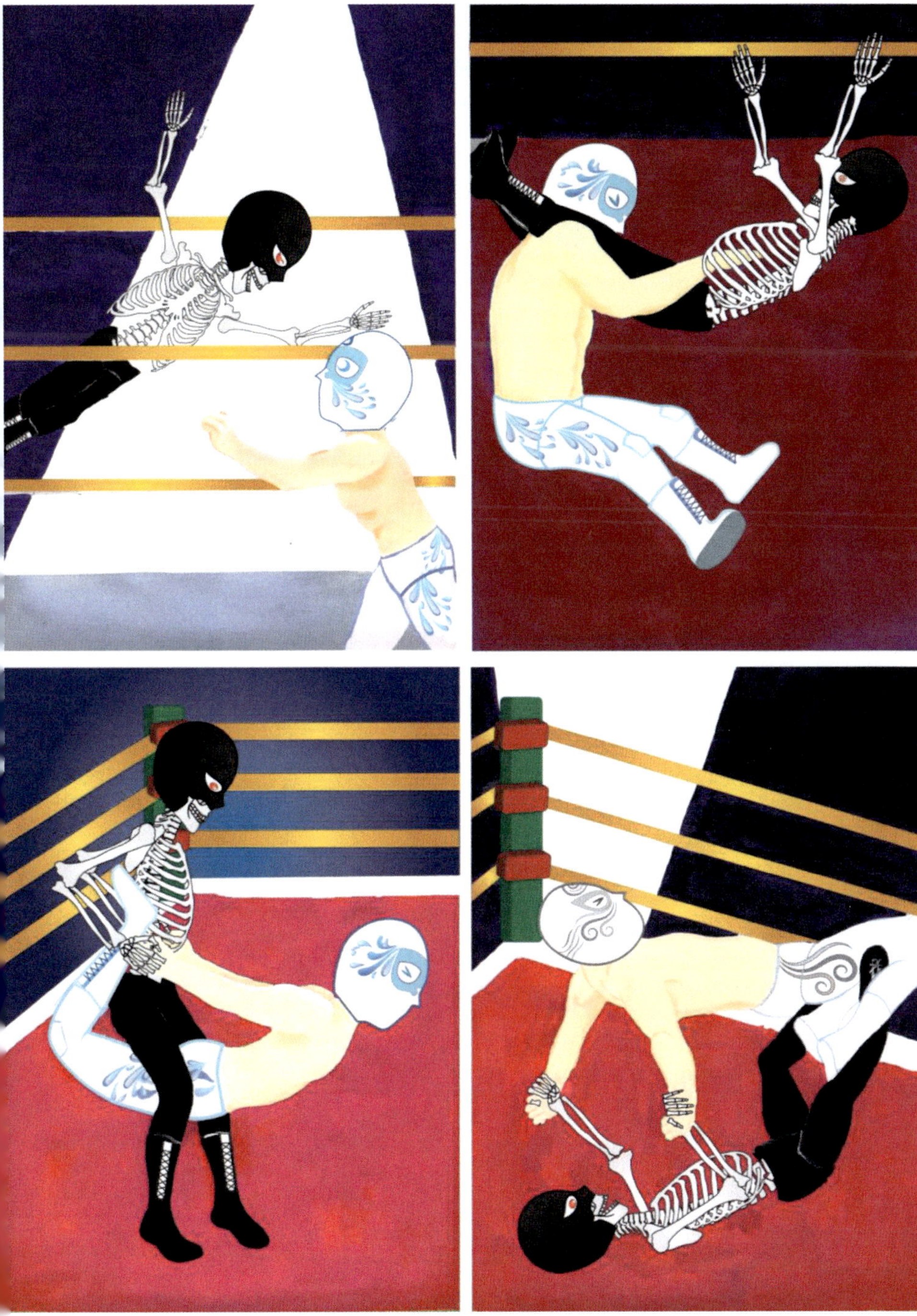

Hambre aferró a Balamil de las cintas de la máscara y lo impactó en el poste; después le propinó varios golpes con el puño y hasta intentó faulearlo, pero Balamil logró esquivar el rodillazo en el último momento.

Mientras tanto Atl subió a Muerte al ring y le aplicó una *desnucadora*[30] en todo lo alto pero el rudo se recuperó muy rápido y lo castigó con una *campana*[31] de la que el técnico no pudo liberarse.

Lik ingresó al ring y el capitán de los rudos lo recibió con una *quebradora* y luego ejecutó una *tapatía*[32] magistral que rindió de inmediato al esteta.

Todos los rudos subieron al cuadrilátero y la réferi les levantó los brazos declarándolos ganadores de la primera caída.

El abucheo fue atronador.

Froilán, Toly y Olaf se acercaron a los luchadores; los abanicaron con las toallas y con Orlando mientras les daban algunas sugerencias.

- Guerra es fuerte y tiende al combate aéreo. Traten de mantenerlo a ras de lona para nulificar su ataque. -Dijo Froilán muy seguro de su apreciación.

---

[30] *Llave que castiga las cervicales y la espalda. Se usa como preparación para otra evolución que remate al contrincante.*

[31] *Llave que castiga columna, hombros y brazos.*

[32] *Llave creada por Rito Romero que castiga tobillos, rodillas y brazos.*

- Peste aparenta ser muy frágil, pero es experto en azotes y desnucadoras. A él enrédenlo y eviten que los levante. -Intervino ceremonioso Olaf.

- Muerte está muy versado en la lucha a ras de lona, aplica castigos que podrían determinar el resultado de la lucha. Contra él utilicen sus recursos aéreos y lo menos posible a ras de lona. Eviten los golpes de contacto para prevenir que los pueda sujetar. -Sugirió Toly pensativo.

- Por otro lado, Hambre es marrullero, por eso traten de mantenerlo dentro del ring y estén siempre alertas porque es experto en ataques prohibidos. -Revoloteó Orlando sobre las cabezas de los técnicos.

Entonces un centauro avanzó por la pasarela con una pancarta anunciando la segunda caída mientras el sonido del silbato confirmaba el inicio de la contienda.

Balamil ingresó al cuadrilátero seguido de Guerra quien lanzó un alarido al tiempo que se palmeaba el pecho como lo haría un gorila enfurecido. Balamil tomó ventaja de ese despliegue del rudo y le apresó la pierna derribándolo de cara a las lámparas, con movimientos fluidos lo posicionó para aplicarle *la de a caballo*[33]. Guerra soportó el castigo lo suficiente para que los tres malandrines restantes ingresaran y atacaran al técnico. Lo arrinconaron en la esquina ruda y le propinaron una catarata de latigazos al cuello y tacleos que dejaron atontado a Balamil sentado al pie del poste. Guerra y Muerte ejecutaron una *catapulta*[34]. El rudo de la piel rojiza se impactó contra Balamil, el golpe fue tan brutal que le habría pulverizado los huesos a cualquier mortal. Los rudos estaban masacrando a Balamil[35].

---

[33] *Llave creada por Gori Guerrero que castiga la columna y el cuello.*

[34] *Llave con lance aplicada por dos luchadores del mismo bando para castigar al rival; o luchadores de bandos diferentes para proyectar al rival.*

[35] *Ésta podría ser la más explícita exhibición de lo que los humanos están haciéndole al planeta. ¿No lo crees?.*

Los estetas técnicos reclamaban las acciones ilegales de los rudos e intentaron acceder al ring, pero la réferi no se los permitió, después de todo ellos representaban todo lo que era justo, lícito y virtuoso.

Sin embargo, las amonestaciones de la réferi fueron ignoradas por los malévolos. Muerte aplicó una vuelta de campana a Balamil y lo sacó del cuadrilátero y mientras estaba atolondrado en el piso, el rudo le aflojó las cintas de la máscara pero solo amenazó con quitársela y después de una catarata de patadas, el malévolo regresó a su esquina.

El técnico lucía en malas condiciones, le tomó varios segundos ponerse de pie y tambaleante se refugió en la esquina técnica, mientras se esforzaba por amarrar los cordones de la máscara.

Entonces le llegó el turno de Atl que se enfrentaría a Hambre, ambos luchadores se estudiaban mientras caminaban en círculo, tratando de anticiparse a los movimientos del contrario.

Atl sujetó la pierna de Hambre y lo derribó, así se inició un increíble despliegue de habilidades luchísticas.

La exhibición del llaveo y contra llaveo de los ocho luchadores fue sorprendente. Entre los múltiples castigos que se aplicaron y rompieron se contaban la *valagueza*, una despiadada *cavernaria*[36], un *pulpo*[37], el espectacular *cristo negro*[38], además de varios *tirabuzones*[39], una *swastika*[40], la *huracarrana*[41], la *motovirus*[42] y además de una extraordinaria *neblina*[43] que alcanzó a ejecutar Balamil antes de que el contingente rudo ingresara al cuadrilátero una vez más y lo despojaran de la máscara.

Luego como si fuera la cosa más normal se reagruparon en su esquina mientras la réferi levantaba el brazo del técnico que estaba tirado en la lona cubriéndose el rostro con las manos, otorgándole la victoria por descalificación. Veritas recobró la tapa del técnico y se la devolvió; él se la colocó de inmediato ajustando las cintas y regresó a su esquina.

---

[36] *Llave creada por Rodolfo "Cavernario" Galindo que castiga la columna y el cuello.*

[37] *Llave que castiga los brazos, piernas y espalda.*

[38] *Llave que castiga las piernas, brazos, cuello y espalda al aplicar una cruceta con tirantes a los brazos mientras se levanta al rival.*

[39] *Llave creada por Marcelo Adreani mejor conocido como Jack O'Brien es una torsión que provoca dolor a todo el cuerpo de quien la recibe*

[40] *Llave creada por el "Nazi"; también conocida como "suástica" es una variante del tirabuzón que castiga la extremidad inferior libre del rival para levantarla en forma de "L" que incrementa el dolor corporal e inmoviliza totalmente al contrincante.*

[41] *Llave creada por el "Bello Califa" que castiga las extremidades inferiores, superiores, la espalda y el cuello.*

[42] *Llave creada por "Virus", es una combinación de cruceta a las piernas y tirantes a los brazos mientras se levanta el peso del rival. Castiga extremidades inferiores, rótulas y cintura escapular, es decir omóplatos, húmeros y clavículas; además da la impresión de que quien la aplica está montando una motocicleta sujetando los manubrios.*

[43] *Llave creada por "Mr. Niebla", que castiga las extremidades superiores e inferiores, así como los hombros, el cuello y la espalda.*

Un impactante minotauro con armadura caminó por la pasarela cargando una pancarta que anunciaba la tercera caída. Y con el sonido del silbato dio inicio el encuentro decisivo.

Peste ingresó para hacer frente a Tsibi, pero el técnico se adelantó y con un golpazo en la espalda dobló al rudo y realizó los movimientos necesarios para aplicar la llave. La afición coreó un prolongado "ooooooohh" cuando Peste liberó el brazo y se libró de la *cerrajera*[44].

Entonces ocurrió algo insólito, mientras Orlando, Toly, Olaf y Froilán auxiliaban a Lik que se ajustaba los cordones de la máscara, los seconds de los rudos los rodearon, pareciera que la maldad y la destrucción tenían ramificaciones insospechadas, pero los cuatro amigos no se amedrentaron y tampoco cayeron en la provocación porque no contaban con el entrenamiento adecuado para aplicar llaves y sería muy peligroso intentarlo sin estar capacitados, así que hicieron uso de lo que tenían a mano.

- Quítate la mochila, Olaf. -Pidió el gato- Espero que hayas reabastecido tus provisiones.

El oso hizo lo que su amigo le indicaba y la colocó en el piso.

[44] *Llave creada por Enrique Yáñez que castiga el cuello.*

Froilán abrió la mochilita, extrajo una pierna de cordero asada y la arrojó al second de los dientes puntiagudos, quien de inmediato corrió por uno de los pasillos con la pierna de cordero en las fauces. Toly le arrojó un jamón serrano al ghoul de los brazos larguísimos y flacos que también se perdió de vista una vez que atrapó el botín. Orlando le lanzó un enorme rollo de longaniza al monstruo de la quijada prominente y éste se alejó corriendo a cuatro patas por el pasillo lateral. Mientras que Olaf había cubierto al ghoul de los ojos rojos con pastelitos, donas y muffins embetunados, la creatura se alejó dando tumbos por el pasillo porque no podía ver por dónde iba, además tenía prisa por salir de ahí y quitarse el betún. Sabes a los ghouls no les gustan las cosas dulces.

Mientras abajo del ring los cuatro amigos resolvían el altercado con los seconds rudos; en el cuadrilátero los técnicos exhibiendo su sorprendente coordinación consiguieron darse relevo tocando la mano uno tras otro sobre la tercera cuerda e ingresaron los cuatro al rombo de batalla. De inmediato proyectaron a los rudos contra las cuerdas y los recibieron con diferentes tipos de patadas. Atl ejecutó la *patada charra*[45] contra Hambre. Balamil propinó *patadas voladoras*[46] al pecho de Guerra. Muerte recibió

[45] *La patada charra fue creada por As Charro.*
[46] *Las patadas voladoras se aplican para castigar el pecho o el rostro del rival.*

una poderosa *patada a la Filomena*[47] de Tsibi. Y Lik aplicó a Peste unas efectivas *patadas de canguro*[48].

Con los rudos aún en la lona todavía aturdidos por las sorpresivas patadas; los técnicos en un chispazo de genialidad y acoplamiento aplicaron llaves espectaculares.

Atl levantó a Muerte y le administró una *Gori Special invertida*[49]. Balamil enredó las piernas de Hambre en un dolorosísimo *Nudo Egipcio*[50]. Tsibi empleó una aniquiladora *leonesa*[51] contra Peste. Y Lik clavó a Guerra con una *estaca india con puente olímpico*[52].

Sin embargo, los rudos resistieron los castigos durante el tiempo reglamentario y los técnicos no tuvieron más remedio que liberarlos. Aunque cualquier otro luchador experimentado habría sucumbido a tan terribles llaves, estos rudos eran fuentes de tormento y penurias, por lo tanto su tolerancia al dolor era insólita.

---

[47] *Patada en reversa creada por el Murciélago Velázquez que castiga el estómago, pecho o la cabeza.*

[48] *Las patadas de canguro son una variante de las voladoras, se efectúan en un espacio más corto. También son conocidas como "Patadas a la Fishman".*

[49] *Llave creada por Gori Guerrero que castiga las piernas, cintura y espalda.*

[50] *Llave creada por Esfinge que castiga las piernas y además lleva al toque de espaldas.*

[51] *Llave creada por Black Shadow que castiga las piernas, el cuello y la espalda.*

[52] *Llave creada por Ray Mendoza que castiga las piernas.*

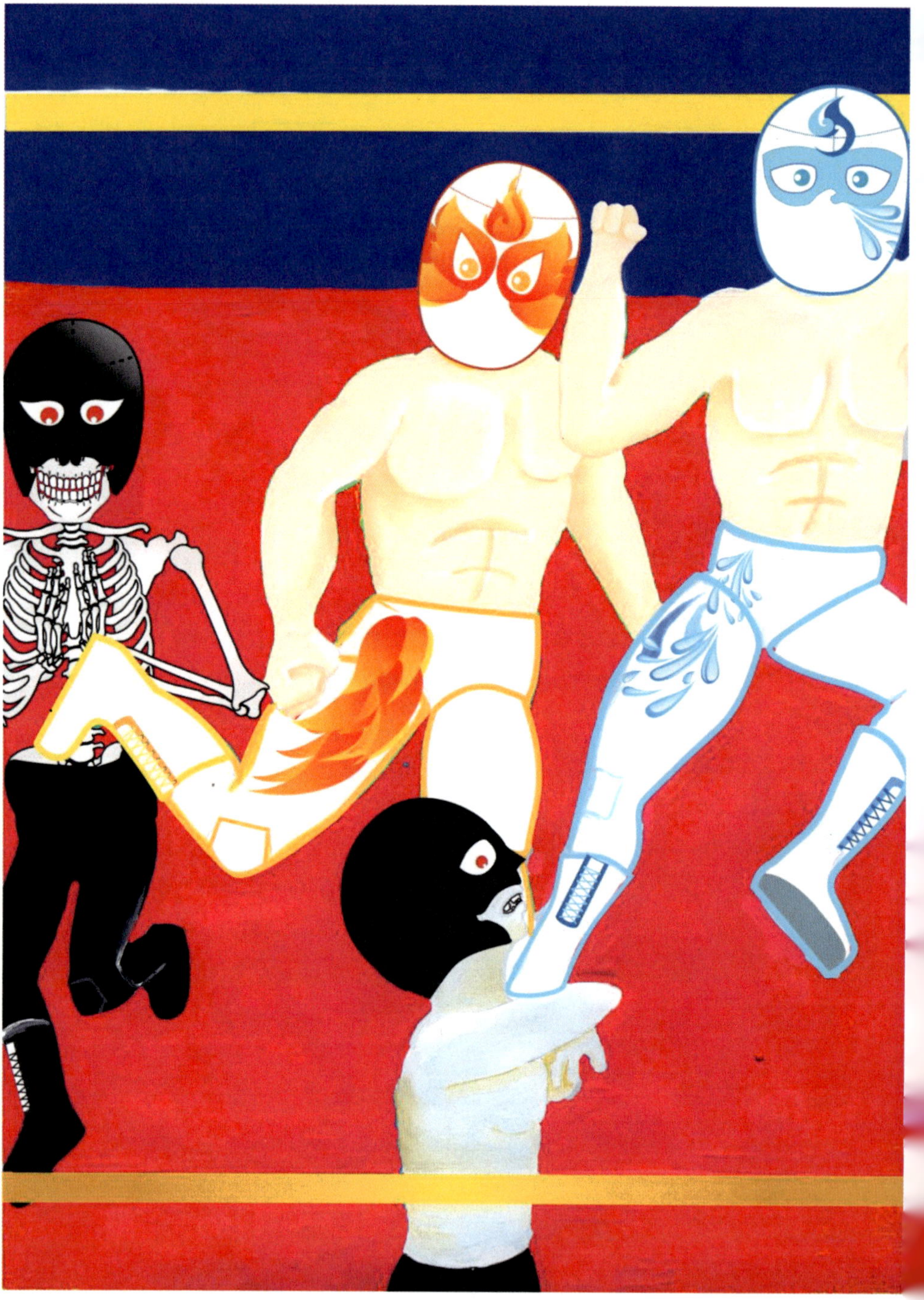

Los técnicos no se rindieron y una vez más haciendo alarde de su excepcional coordinación aprovecharon que sus rivales estaban todavía atolondrados después de los castigos y los arrastraron al centro del cuadrilátero; formaron una cruz, después se colocaron entre cada uno de los rudos y sujetaron sus piernas.

Tsibi aferraba la extremidad izquierda de Muerte y la derecha de Guerra. Balamil la izquierda de Guerra y la derecha de Hambre. Atl aprisionaba la izquierda de Hambre y la derecha de Peste. Lik sujetaba la izquierda de Peste y la derecha de Muerte. Entonces aplicaron palancas a las piernas ejecutando una insoportable *estrella*[53].

Las acciones combinadas de los *Cuatro Elementos*[54] técnicos, arrancaron la rendición a los *apocalípticos* rudos.

La réferi sujetó el brazo derecho de Lik y el izquierdo de Tsibi, ellos a su vez aferraron los de sus compañeros Atl y Balamil y los levantaron en alto en señal de triunfo definitivo.

Los aficionados estallaron en gritos atronadores y se apiñaron alrededor del ring con los brazos estirados en un intento por tocar a los héroes científicos.

---

[53] *Llave que se aplica sobre la lona y entre 4 o más luchadores que castiga las piernas de los rivales.*

[54] *De seguro que ya habrás notado quienes son nuestros técnicos. Sí, son los cuatro elementos vitales. Y las reminiscencias de los 5 volúmenes de la Saga Elementos. Azul, Verde, Rojo, Blanco y Sepia. Fuentes, Beatriz. Saga Elementos. LEF Ediciones. Suiza-México.*

Beatriz Guemes
Escritora

Los técnicos eran los vencedores, había sido una lucha que puso los nervios de punta con cada acción de los contendientes mientras que cada palmada de la réferi había cortado el aliento de los espectadores. Ésta sin duda alguna sería considerada como una lucha legendaria.

Por última vez los *cuatro elementos* técnicos treparon a la tercera cuerda en cada esquina del cuadrilátero y elevaron los brazos. Los seconds y todos los aficionados los vitorearon.

Froilán, Olaf, Orlando y Toly no paraban de abrazarse y comentar las acciones de los luchadores mientras se cambiaban en los vestidores. Entonces los golpes desesperados en la puerta interrumpieron el festejo. Orlando la abrió e ingresaron los miembros del Consejo, pero no se les veía nada contentos.

- ¡Ganaron los técnicos!. -Gritó el fantasma haciendo piruetas en el aire.

- Ha sido un triunfo muy merecido. -Dijo el Mago desabrido y casi gruñendo.

- El Bien venció al Mal en la Batalla Milenaria, sin embargo... -Intervino la representante del mundo vegetal mientras los pétalos y las hojas ondulaban dando la impresión de que la silueta femenina temblaba.

- Los rudos abandonaron la arena y nadie pudo detenerlos. -Continuó el humano preocupadísimo.

Aquella noticia fue devastadora. Si el cuarteto de perversidades estaba suelto por el mundo, entonces el resultado de la lucha podría no ser respetado por las huestes del mal, por lo tanto no solo las diversas especies amenazadas estaban en grave peligro, sino también todas las creaturas y seres que habitaban el mundo.

Los luchadores técnicos ya se habían aflojado las cintas de las máscaras y estaban a punto de quitárselas pero no lo hicieron. Balamil ajustó de nuevo las agujetas y se colocó su capa de guías.

- Eso significa que la rivalidad se ha recrudecido. -Se volvió hacia sus compañeros- Creo que la batalla continúa.

Los otros tres estetas asintieron, se ajustaron las cintas de las máscaras y se abrocharon las capas.

Lik flexionó una pierna y apoyó la rodilla en el piso frente a los seconds.

- En las siguientes luchas no podrán acompañarnos como seconds pero si nos volvemos a encontrar en alguna arena, su apoyo será invaluable para el bando técnico.

Los cuatro luchadores salieron del vestidor con sus capas hondeando tras ellos. Desde el umbral Toly, Olaf, Froilán y Orlando los observaron alejarse hasta que se perdieron en la distancia cubiertos por la bruma.

- ¿Qué pasará ahora?. -Preguntó Froilán consternado.

Un bip bip los distrajo, era el teléfono móvil de Olaf; el oso lo sacó de su mochilita y leyó las noticias que se desplegaban en la pantalla.

- ¡Oh oh!. El caracol hawaiano[55] se ha extinto y la lista de especies en peligro se incrementa.

El silencio que se produjo fue desolador, los malandrines rudos ya estaban haciendo de las suyas.

- Froilán, Olaf, Toly, Orlando es tiempo de que regresen a su mundo y hagan todo lo posible por preservar el medio ambiente. Las especies en peligro necesitan ayuda y protección para sobrevivir ahora que los Emisarios del Mal andan sueltos por el mundo. -Dijo el mago contrariado.

Los cuatro amigos asintieron no muy convencidos mientras los miembros del Consejo los escoltaban al carruaje volador.

- Solo una cosa más. -Intervino el Tigre representante del Reino Animal- Estén siempre atentos cuando asistan a una función de lucha libre, porque tal vez Lik, Atl, Tsibi y Balamil se enfrenten a Hambre, Peste, Guerra y Muerte y solo ustedes que han estado presentes en este combate podrán identificarlos.

---

[55] *Achantinella apexfulva nombre científico del caracol hawaiano el último ejemplar murió a inicios del 2019.*

Las sonrisas de los cuatro amigos se ensancharon mostrando sus dentaduras, por lo menos tendrían la oportunidad de maravillarse con otra exhibición extraordinaria de lucha libre de los estetas que se ofrendaban enteros en el cuadrilátero.

- Por cierto, la cartelera de mañana en la Arena, es *legendaria.* -Susurró el representante del reino humano mientras les guiñaba un ojo.

Visita mi página en Facebook.

Beatriz Fuentes-Oficial

Visita mi página web.

www.beatrizfuentes.com

Sígueme en Instagram.

_beatrizfuentes

LEF
Ediciones
Leer es Fundamental

Made in the USA
Columbia, SC
14 June 2023

18045279R00044